Inhalt

Schlangen des Regenwalds

Augenwimper-Vipern können viele verschiedene Farben haben, von Gelb über Orange bis hin zu Grün und Purpurrot. Ihren Namen verdanken sie den abstehenden Hornschuppen über ihren Augen.

Barbara Taylor

Der Regenwald

Lebendiger Wald

Stell dir vor, du läufst durch einen warmen, feuchten, dunklen Wald, dessen Bäume ein hohes grünes Dach bilden, das den Himmel verdeckt. Die Luft ist vom Summen der Insekten erfüllt. Gelegentlich siehst du hoch oben in den Baumkronen einen Vogel oder einen Affen ... Mindestens die Hälfte aller Tier- und Pflanzenarten der Erde ist in den Regenwäldern heimisch. Allein 30 Millionen Insektenarten leben hier. Der Hauptgrund für diesen unglaublichen Artenreichtum ist das ganzjährig gleichmäßig warme und feuchte Klima. Regenwälder nennt man auch »Dschungel«. Das kommt vom Hindi-Wort »jangal« und bezeichnet eigentlich Rodungen, auf denen dichter Wald nachgewachsen ist.

Tiere im »Obergeschoss«
In den Baumkronen ist immer etwas los. Äste und Zweige bilden Laufgänge, die von zahlreichen Tieren benutzt werden, unter anderem auch von diesem Brüllaffen. Flughunde und Vögel fliegen zwischen Ästen und Blättern.

Leben in Stockwerken
Der Regenwald kann in vier Zonen eingeteilt werden.

Die Baumkronen
Die höchsten Bäume werden Überständer genannt; ihre Kronen überragen das Blätterdach der anderen Bäume.

Das Obergeschoss
Das meiste Leben spielt sich in etwa 40 m Höhe über dem Boden ab. Dieser Bereich bekommt am meisten Regen und Sonnenschein ab und die daher üppig wachsenden Blätter, Blüten und Früchte sind eine wertvolle Nahrungsquelle für andere Lebewesen.

Das Untergeschoss
Zwischen den Baumkronen und dem Waldboden wachsen kleinere Bäume, Kletterpflanzen und Sträucher, die nicht viel Licht brauchen.

Der Waldboden
Nur 1 bis 2 % des Sonnenlichts dringen bis auf den Boden des Regenwalds, der mit einer dünnen Schicht abgefallener Blätter bedeckt ist.

Waldriesen

Im konstant feuchtwarmen Klima werden Tiere mancher Arten sehr groß – wie diese Riesen-Tausendfüßler. Sie sehen ziemlich gefährlich aus, ernähren sich aber nur von totem Pflanzenmaterial. Weitere »Riesen« der Regenwälder sind der Goliathfrosch, der größte Frosch der Welt, und der größte Schmetterling: Queen Alexandra's Birdwing.

Menschen im Regenwald

Dieser Mann hier rechts gehört dem Volk der Kalapolo an und lebt im brasilianischen Regenwald. Von der jahrtausendealten Geschichte der Beziehung zwischen den Menschen und dem Wald ist uns wenig bekannt. Wärme und Feuchtigkeit bewirken den raschen Zerfall vieler organischer Materialien, sodass die Spuren der Vergangenheit bald verschwinden.

Leben im »Untergeschoss«

Im Gewirr der Blätter und Zweige im unteren und mittleren Bereich der Bäume leben Tiere, die sich kletternd und springend fortbewegen, z. B. die kleinen leichten Baumfrösche, die Lemuren, die Grauen Nasenbären und Baumschlangen wie diese Hundskopfschlange.

Der Waldboden

Große Raubtiere wie dieser Jaguar schleichen über den Waldboden. Wilde Schweine, Pekaris und Tapire graben Knollen und Wurzeln aus. Große Insektenfresser finden hier immer einen gedeckten Tisch.

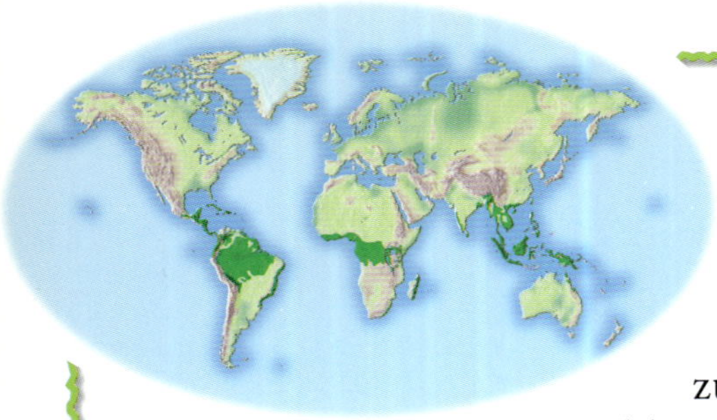

Regenwälder der Welt

Das Wort »Regenwald« wurde zuerst 1898 verwendet, um einen Wald zu beschreiben, der in beständig feuchtem Klima wächst. In den meisten Regenwäldern beträgt die jährliche Niederschlagsmenge 250 cm; die Regenfälle sind gleichmäßig über das Jahr verteilt. Nachmittags gibt es häufig Gewitter. Das von den Bäumen abgegebene Wasser verstärkt die Luftfeuchtigkeit. Die Luft fühlt sich schwer an und Wolken aus Wasserdampf hängen wie Rauch über den Kronen der Bäume. Diese Wolkendecke dämpft die Wärme des Tages und die Kühle der Nacht, sodass die Temperatur im Wald das ganze Jahr über kaum schwankt; sie liegt meist zwischen 23 °C und 31 °C. Am heißesten und feuchtesten sind die Regenwälder am Äquator. Sie werden auch Tieflandregenwälder genannt und besitzen die größte Ausdehnung. Die weiter vom Äquator entfernten Regenwälder sind zwar ebenso heiß, erleben aber eine kurze Trockenzeit. Außerdem gibt es noch Bergregenwälder; die Mangrovenwälder an den Küsten sind ebenfalls Regenwälder.

Wo gibt es Regenwälder?
Auf der Welt gibt es heute vier Hauptregionen: in Zentral- und Südamerika, in Afrika, in Südostasien und in Australien und Neuguinea (grüne Flächen auf der Karte). Jeder Regenwald ist einzigartig und beherbergt eine ganze Reihe von Pflanzen und Tieren, die es nur hier gibt. Da vor Millionen von Jahren die einst verbundenen Kontinente auseinander drifteten, entwickelten sich die Regenwälder mit ihrer jeweiligen Fauna und Flora getrennt voneinander.

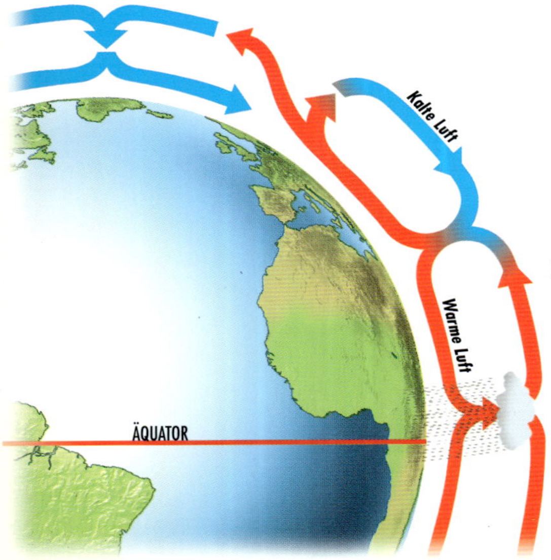

Das Klima im Regenwald
In den Regenwäldern ist es heiß, weil sie auf einem Gürtel rund um den Äquator wachsen, wo die Sonneneinstrahlung am stärksten ist. Sie wärmen den Boden, der wiederum die Luft darüber aufheizt, sodass sie steigt. Dabei kühlt die Luft wieder ab; die in ihr enthaltene Feuchtigkeit kondensiert zu Wassertröpfchen, die sich zu Wolken verdichten und Niederschlag bringen.

Monsunwälder

Regenwälder in Regionen, in denen drei oder mehr Monate im Jahr Trockenheit herrscht, werden Monsunwälder genannt. In der trockenen Jahreszeit werfen die Bäume ihre Blätter ab und bekommen zu Beginn der Monsunzeit neues Laub. Wegen der trockeneren Luft gibt es hier weniger Kletterpflanzen als in den Tieflandwäldern. Weil die Sonnenstrahlen in den trockenen Monaten durch die kahlen Äste hindurch den Boden erreichen, können auf ihm Pflanzen wachsen.

Bergregenwälder

So nennt man Regenwälder, die in 900 m Höhe und darüber wachsen. Die Baumstämme sind mit Moos bedeckt, von denen Wasser tropft. Von den Ästen hängen Flechten wie lange Bärte, dazwischen haben Farne, Orchideen und andere Pflanzen einen Platz zum Leben und Gedeihen gefunden. Die Bergregenwälder sind weniger artenreich als die Tieflandregenwälder, denn niedrigere Temperaturen und starker Wind hemmen die Entwicklung der Pflanzen.

Wasserkreislauf

Wenn es regnet, nehmen die Bäume und anderen Pflanzen die Feuchtigkeit mit ihren Blättern und Wurzeln auf. Ungenutztes Wasser verdunstet und auch die Pflanzen geben ständig Wasser an die Luft ab. Vom warmen Boden steigt ununterbrochen Wasser in Form von Wasserdampf auf. Die warme, feuchte Luft zieht nach oben. Dabei wird sie wieder kälter und der Wasserdampf bildet Wolken. Diese regnen über dem Wald ab.

Mangrovenwälder

Sie wachsen häufig an tropischen Küsten. Die Artenvielfalt ist hier nicht sehr groß. Man findet sie entlang den Küsten des Indischen Ozeans, des westlichen Pazifiks, der Karibik und an den amerikanischen und westafrikanischen Küsten.

Das Wetter

In den einzelnen Stockwerken eines Regenwalds herrschen verschiedene Mikro-Klimate. Wenn es regnet, kann es zehn Minuten dauern, bis die ersten Tropfen durch das Blätterdach und die folgenden Schichten gedrungen sind und den Boden erreichen. Bei Sonnenschein ist die Luft oben im Blätterdach heiß und trocken; unten am Boden bleibt es aber immer warm und feucht. Auch wenn ein starker Wind durch die Zweige weht, bleibt es über dem Boden völlig windstill.

Regenwälder Asiens

Die größten Regenwälder dieses Kontinents befinden sich auf dem malaysischen Festland und in Indonesien. Durch Abholzung und Brandrodung wurden große Waldflächen zerstört. Auf den Philippinen gibt es fast keinen Regenwald mehr. Deshalb sind viele Tier- und Pflanzenarten der asiatischen Regenwälder vom Aussterben bedroht, unter anderem das Sumatranashorn und der Vietnamfasan. Die Regenwälder Borneos dagegen sind bis heute fast vollständig erhalten geblieben.

Atlasspinner

Der Atlasspinner ist einer der größten Schmetterlinge der Welt. Mit einer Spannweite von bis zu 30 cm wird er häufig für einen Vogel gehalten. Die Männchen haben lange gefiederte Fühler – die längsten aller Schmetterlinge und Motten –, mit denen sie zwischen den Bäumen der Regenwälder Südostasiens dem Duft der Weibchen nachspüren.

Regenwälder Asiens

Fast 40 % der Regenwälder Asiens wachsen auf den Inseln Indonesiens; die üppigsten und artenreichsten Mangrovenwälder findet man entlang den Küsten Südostasiens.

Schabrackentapir

Die schwarzen und weißen Felder seines Fells verhindern, dass Raubtiere im Dunkeln seinen Umriss erkennen. Tapire sind scheue Einzelgänger und wagen sich fast nur nachts aus ihren Verstecken. Mit Maul und Rüssel pflücken sie zarte Triebe, Knospen und Früchte.

Mangroven

Mangroven wachsen in schlammigem Brackwasser. Ein Teil ihrer langen, verzweigten Wurzeln sind Luftwurzeln, die dem Baum beim Atmen helfen. In dem Wurzelgeflecht bleibt festerer Schlamm hängen; auf diese Weise befestigen die Mangroven die Küsten und tragen dazu bei, dass das Land allmählich ins Meer »hineinwächst«.

Königskobra

Diese größte aller Giftschlangen wird bis zu 5,5 m lang. Sie ist eigentlich sehr scheu und hält sich von den Menschen fern. Weibliche Königskobras sind die einzigen Schlangen, von denen bekannt ist, dass sie ein Nest für ihre Eier bauen.

Neuguinea und Australien

Die größten Regenwälder dieser Region befinden sich auf Neuguinea und sind größtenteils noch intakt. In ihnen leben sowohl asiatische als auch ozeanische Tier- und Pflanzenarten. Vor Millionen von Jahren waren Australien und die damals wesentlich wärmere Antarktis von Regenwäldern bedeckt. Die noch verbleibenden Regenwälder Australiens sind nicht so artenreich wie die anderer Kontinente, beherbergen aber viele sehr seltene oder nur in Australien vorkommende Lebensformen.

Regenwälder dieser Region

In diesem Teil der Erde findet man Regenwälder im nordöstlichen Queensland und in Neuguinea.

Tüpfelkuskus

Im Regenwald Neuguineas leben acht Kuskusarten; zu ihnen gehört auch der Tüpfelkuskus. Kuskusse haben einen teilweise nackten Greifschwanz, mit dem sie sich an Ästen festhalten. Sie sind nachtaktiv und ernähren sich von Blättern, Blüten und Insekten. Manche Arten halten sich in den höheren Ästen und Zweigen auf, andere im Untergeschoss oder am Boden.

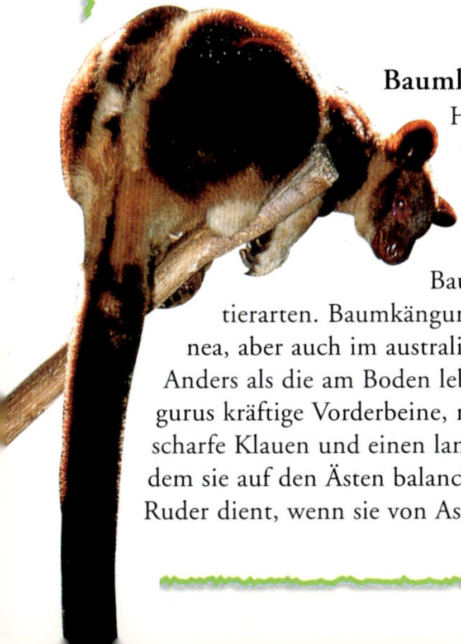

Baumkänguru

Hier turnen in den Regenwäldern keine Affen und Halbaffen in den Bäumen herum. Stattdessen findet man in diesem Lebensraum Baumkängurus und mehrere Beuteltierarten. Baumkängurus gibt es hauptsächlich in Neuguinea, aber auch im australischen Queensland leben zwei Arten. Anders als die am Boden lebenden Kängurus haben Baumkängurus kräftige Vorderbeine, relativ kurze, breite Hinterfüße, scharfe Klauen und einen langen, zylindrischen Schwanz, mit dem sie auf den Ästen balancieren und der ihnen in der Luft als Ruder dient, wenn sie von Ast zu Ast springen.

Kunterbunte Loris

Ganze Schwärme der geselligen und lauten Vögel führen im Obergeschoss ein geschäftiges Leben. Mit ihren pinselartigen Zungen lecken sie aus den Blüten Nektar und Pollen. Auf der Suche nach blühenden Bäumen legen sie lange Strecken zurück.

Regenwälder Afrikas

In den Regenwäldern Afrikas trifft man weniger Arten an als in denjenigen Amerikas oder Asiens, denn mit der letzten Eiszeit, die vor 12 000 Jahren endete, veränderte sich das Klima Afrikas und wurde trockener. Madagaskar hat eine mindestens 40 Millionen Jahre alte, eigenständige und isolierte Entwicklung hinter sich; deshalb kommen die meisten auf dieser Insel lebenden Arten nirgendwo sonst auf der Welt vor.

Regenwälder Afrikas
Ein Gürtel aus Regenwäldern zieht sich in Äquatornähe um die Mitte des afrikanischen Kontinents. Er reicht von Kamerun und Gabun an der Westküste bis nach Kenia und Tansania in Ostafrika. Über 80 % von Afrikas Regenwald wächst in Zentralafrika. Er entwickelte sich aus kleinen Waldflächen, die das trockene Klima der letzten Eiszeit überlebten. In Ostafrika findet man Regenwälder vor allem in Bergregionen.

Weißschenkelaffen
Sie leben in großen, aus mehreren Familien zusammengesetzten Gruppen von über 50 Tieren. Diese Affen sind tagaktiv und fressen Rinde, Insekten, Früchte und Blätter. Mit der Gewandtheit geborener Trapezkünstler springen sie von Ast zu Ast. Anders als ihre südamerikanischen Vettern haben die afrikanischen Affen keine Greifschwänze.

Graupapagei
Die geschwätzigen Graupapageien rufen, kreischen und pfeifen sich laut zu, bevor sie sich abends in Schwärmen von hundert und mehr Tieren zur Nachtruhe niederlassen. Sie können sehr gut Laute nachahmen und werden gerne als Haustiere gehalten.

Atlaskäfer
Sie sind die schwersten aller Insekten: Männliche Atlaskäfer wiegen 70 bis 100 g und sind damit ungefähr dreimal so schwer wie eine Hausmaus. Von der Spitze der kleinen Hörner bis zum hinteren Körperende gemessen sind sie bis zu 11 cm lang. Die Weibchen sind etwas kleiner.

Gleich und doch anders
Tiere, die in den Regenwäldern verschiedener Erdteile leben, sehen sich manchmal ähnlich, weil sie sich an eine ähnliche Lebensweise angepasst haben und sich auf ähnliche Weise ernähren, auch wenn sie in Wirklichkeit unterschiedlichen Arten angehören. Diese Erscheinung nennt man konvergente Evolution; ein anschauliches Beispiel dafür liefern die afrikanischen Nashornvögel (oben) und die südamerikanischen Tukane (unten).

Regenwälder Amerikas

Der Regenwald im Amazonasbecken ist der größte der Welt, doppelt so groß wie Indien und zehnmal so groß wie Frankreich. Ungefähr ein Fünftel aller Vogel- und aller Blütenpflanzenarten der Erde sowie ein Zehntel aller Säugetierarten leben im Amazonasgebiet. Jede einzelne Baumart kann bis zu 400 Insektenarten als Lebensraum und Nahrungsquelle dienen.

Regenwälder Amerikas

Die südamerikanischen Regenwälder erstrecken sich vom Amazonasbecken aus in nördlicher Richtung nach Zentralamerika und bestehen auch noch auf einigen Inseln der Karibik. Manche Arten kommen nur auf einer einzigen Insel vor. Hurrikane fügen den Regenwäldern dieser Region schwere Schäden zu. Die relativ kleinen Regenwälder Zentralamerikas sind ausgesprochen artenreich, weil sie auf der Landbrücke zwischen zwei sehr unterschiedlichen Teilkontinenten wachsen.

Gelbe Anakonda

Die Gelbe Anakonda ist eine der schwersten Schlangen. Sie lebt vorwiegend im Wasser und jagt in Flussläufen Fische und Kaimane. Anakondas gehören zu den Boaschlangen; sie umschlingen die Beute und erwürgen sie.

Morphofalter

Das schillernde Blau der Flügel von männlichen Morphofaltern zieht die Aufmerksamkeit der Weibchen auf sich und wehrt auf der Flucht durch sein irritierendes Licht Feinde ab. Die Farbe entsteht durch die Lichtreflektion winziger Schuppen.

Roter Glatzkopf

Mit seinem nackten Gesicht und dem langen Fell sieht der Uakari auch für einen Affen ganz schön komisch aus. Die drei Uakariarten sind die einzigen kurzschwänzigen Affen Südamerikas. Weil ihnen diese Hilfe beim Balancieren fehlt, machen sie keine langen Sprünge.

Pflanzen des Regenwalds

Die Bäume geben dem Regenwald seine Struktur: Die Kronen bilden das Dach und bieten Orchideen und anderen Baumpflanzen (so genannten Epiphyten) Halt; die mächtigen Stämme stützen die Schlingpflanzen, die zusammen mit den Ästen und Zweigen der Bäume einen dicht bevölkerten Lebensraum bilden; die Wurzeln der Urwaldriesen verankern das Ganze, verhindern aber auch, dass Regen und Stürme den Boden abtragen. Diese Bäume aus hartem Holz sind meist 30 bis 50 m hoch und verästeln sich erst in großer Höhe. Sie werden 150 bis 1400 Jahre alt. An den glatten, ledrigen Blättern rinnt das Regenwasser rasch hinab. Die Artenvielfalt an Bäumen ist sehr groß; auf einer Fläche von den Ausmaßen eines Fußballfelds können bis zu 200 verschiedene Arten wachsen.

Sichere Orte
Um an das begehrte Licht zu kommen, wachsen manche Pflanzen hoch oben auf den Ästen der Baumriesen. Die Bromelien bilden mit ihren festen Blättern einen Kelch, der mehrere Liter Wasser fassen kann. Manche Tiere, wie dieser Frosch, wissen diese kleinen Teiche in den Baumkronen zu schätzen: Hier können ihre Jungen relativ sicher aufwachsen.

Platz zum Wachsen
Die Pflanzen des Regenwalds kämpfen miteinander um Raum und Licht. Würgefeigen lösen das Problem auf ihre Weise: Sie wachsen an einem Baum hoch, der sich gegen andere behaupten konnte.

Ein Vogel lässt einen Samen der Würgefeige auf einen Baumast fallen und der Samen treibt aus.

Die Luftwurzeln der Würgefeige erreichen den Boden und sie beginnt, den Wirtsbaum zu ersticken.

Der Wirtsbaum stirbt. Die Feige hat seinen Platz eingenommen.

Stinkvogel

Der südamerikanische Hoatzin riecht nach Kuhmist. Er ernährt sich von Blättern, die in seinem großen Kropf zu einem Brei zerrieben werden, bevor sie in den Magen gelangen. Der schwere Ballast macht den Hoatzin zu einem schlechten Flieger.

Brettwurzeln

Die Wurzeln mancher Bäume verbreitern sich über dem Boden zu regelrechten Pfeilern, die man Brettwurzeln nennt. Sie können bis zu 5 m am Stamm emporwachsen, dienen dem Baum als Stütze und tragen durch die vielen kleinen unterirdischen Wurzeln, die von ihnen ausgehen, vermutlich auch zur besseren Ernährung des Baumes bei.

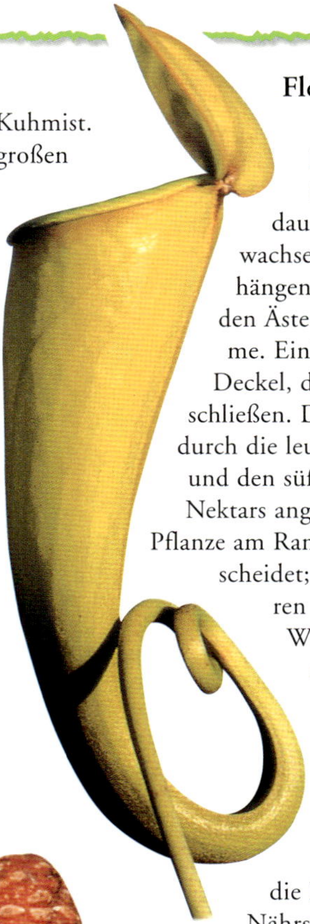

Fleisch fressende Pflanzen

Kannenpflanzen fangen und verdauen Insekten. Sie wachsen am Boden oder hängen wie Laternen an den Ästen ihrer Wirtsbäume. Einige haben sogar Deckel, die sie bei Regen schließen. Die Opfer werden durch die leuchtenden Farben und den süßen Geruch des Nektars angelockt, den die Pflanze am Rand der Kanne ausscheidet; die Opfer verlieren an den glatten Wänden den Halt und rutschen in das Innere, das eine säurehaltige Flüssigkeit enthält. Die Flüssigkeit löst die Körper auf und die Pflanze kann die Nährstoffe aufnehmen.

Parasitenpflanzen

Weil einige Pflanzen im Regenwald nicht genug Licht haben, um Nährstoffe zu bilden, »stehlen« sie, was sie zum Leben brauchen, von anderen Pflanzen. Die Rafflesia zum Beispiel besteht eigentlich nur aus einem Netz von Fäden, die sich in Lianenranken einnisten. Ihre Knospen schieben sich durch die Rinde des Wirts hindurch und bilden die größten Blüten der Welt; ihr Durchmesser beträgt bis zu 1 m.

Lebensgemeinschaften

Damit Samen entstehen, muss eine Blüte meistens mit Blütenstaub einer anderen Pflanze der gleichen Art befruchtet werden. Da im Regenwald kaum Wind weht, sind die Pflanzen für die Bestäubung auf Tiere angewiesen. Tiere, die weite Entfernungen zurücklegen wie Vögel, Flughunde und Affen, verbreiten Samen über große Gebiete. Damit üppiges Blattwerk nicht die Chance des Pollens oder der Samen vermindert, von Tieren aufgenommen und weitergetragen zu werden, wachsen manche Blüten direkt aus dem Stamm. Blüten, die von Fledermäusen bestäubt werden, sind meist groß, blass und stark riechend; um Vögel anzulocken, müssen Blüten leuchtend bunt sein. Die Beziehungen zwischen Tieren und Pflanzen des Regenwalds können von gegenseitigem Nutzen sein: Ameisen helfen z. B. den Pflanzen, in denen sie wohnen, bei der Nahrungsbeschaffung (siehe rechts oben).

Avocado-Fan

Der farbenprächtige Quetzal ernährt sich von mindestens 18 verschiedenen wilden Avocadoarten und trägt dadurch dazu bei, seine »Lieblingsbäume« zu erhalten. Der Quetzal verschlingt die relativ kleine Frucht ganz. So passiert ihr Kern die Verdauungsorgane des Vogels unbeschädigt. Wenn er den Kern ausscheidet und er zu Boden fällt, kann er keimen. Sobald die Avocadobäume eines Gebietes gefällt werden oder keine Früchte mehr tragen, verschwindet der Quetzal aus der Gegend.

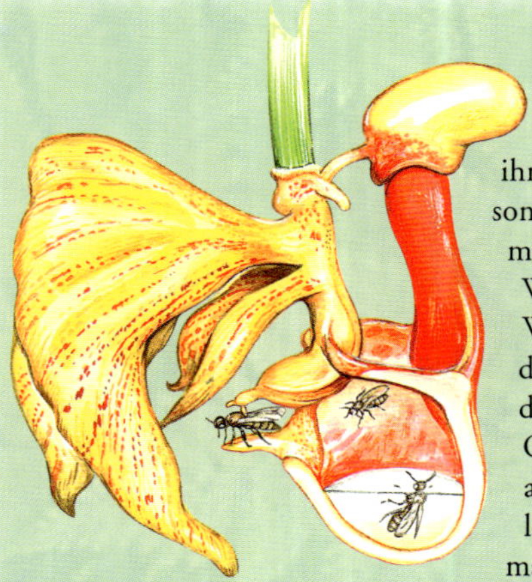

Pollen-Parfüm

Diese zentralamerikanische Orchideenart gibt sich viel Mühe, damit die Männchen einer Bienenart ihren Pollen von Blüte zu Blüte tragen. Die Orchidee sondert den Duft ab, mit dem die männlichen Bienen die Weibchen anlocken. Wenn die Bienen den Duftstoff von den Blüten der Orchideen abkratzen wollen, fallen sie manchmal in die kelchförmige Vertiefung. Bei dem Versuch zu entkommen nehmen sie den Pollen der Orchidee auf oder geben in einer anderen Blüte aufgenommenen Pollen ab. Auf dem Foto rechts kann man auf dem Rücken der Biene zwei gelbe Pollenklümpchen erkennen.

erbreitung der Samen

n den Stämmen und Stielen, Ästen und Blättern bestimmter Pflanzen des Regenwalds leben Ameisenkolonien. meisenpflanzen sind häufig auf hohen Baumästen angesiedelt und kommen daher nicht an Nährstoffe aus em Boden. Deshalb sind die Ausscheidungen der Ameisen für sie eine wichtige Nahrungsergänzung. Außerem beißen die Ameisen alle Tiere, die ihre Pflanze fressen wollen, und verteidigen sie so. Die Zeichnung links zeigt eine solche Pflanze; in ihrem verdickten Stängel leben Ameisen, die durch kleine Löcher aus und ein gehen. Auf ihren Wegen durch den Regenwald sorgen Ameisen auch für die Verbreitung »ihrer« Pflanze, indem sie deren Samen ausscheiden.

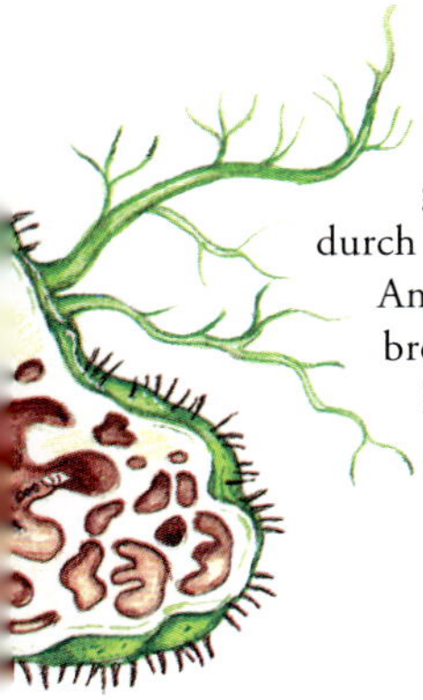

Grünes Fell

Die grüne Farbe verdankt das Fell dieses Faultiers kleinen Algen, die sich zwischen den feuchten Haaren angesiedelt haben. Faultiere putzen sich nicht und gehen nicht ins Wasser. So können die Algen ungestört gedeihen; weil sich das Tier in den oberen Ästen aufhält, bekommen sie auch genug Licht. Das Faultier ist andererseits mit dem grünen Fell im dichten Laub gut getarnt. Aber noch einer hat einen Vorteil von dieser Verbindung zwischen Faultier und Alge: Ein Falter legt seine Eier in das grüne Fell; die Raupen ernähren sich von den Algen.

Käferparadies

Um Käfer für die Bestäubung anzulocken, verbreitet der Philodendron einen starken Duft. Die Pflanze kann sogar das Innere der Blüte aufheizen, damit der Duft ausströmt. Die Käfer finden in der Blüte Nahrung und günstige Bedingungen, um sich zu paaren. Dabei werden sie mit Pollen eingepudert, den sie dann zur nächsten Blüte tragen.

Von Baum zu Baum

Flugdrache
In den Regenwäldern Südostasiens gibt es zahlreiche fliegende Eidechsen. Ihre »Flügel« sind Häute, die an ihren Rippen angewachsen sind. Sie können über Strecken von bis zu 15 m zwischen Ästen gleiten und im Flug sogar ihre Haltung verändern und sich drehen. Weil Tiere im Gleitflug eine leichte Beute für Raubvögel abgeben, sind diese gut getarnt oder werden nur nachts aktiv, wenn ihre Feinde sie nicht gut erkennen können.

Selbst mit der notwendigen Ausrüstung ausgestattet fällt es Menschen nicht leicht, in die Baumkronen des Regenwalds zu klettern. Doch viele Tiere fühlen sich in diesem Lebensraum sehr wohl; natürlich sind sie an das Leben in den Ästen und Zweigen hervorragend angepasst: Ihre Arme sind lang und eignen sich zum Schwingen, ihre langen Schwänze zum Greifen oder Balancieren. Die Zehen an ihren Vorder- und Hinterfüßen sind mit Krallen ausgestattet oder ihre Füße haben raue, griffige Sohlen. Raubvögel haben kurze, gerundete Schwingen, mit denen sie wendig zwischen Stämmen und Ästen umherfliegen können. Kolibris und Falter beherrschen den Schwebeflug, um Nektar aus den Blüten zu trinken. Manche kleinen Tiere können durch die Luft von Baum zu Baum gleiten. Dünne Häute vergrößern die Körperoberfläche wie ein angewachsener Gleitschirm. Es gibt sogar eine fliegende Schlange, die im Gleitflug Strecken von über 50 m zurücklegt.

Klauen zum Klettern
Die langen, kräftigen Klauen des Faultiers sind wie Haken gebogen und ermöglichen es dem Tier, mühelos mit dem Kopf nach unten von den Ästen zu hängen: Nicht einmal schlafende oder tote Tiere fallen von den Bäumen herunter. Bei seinen langsamen Bewegungen verbraucht das Faultier wenig Energie – ganz anders als die quirligen Affen.

Greifschwänze
Eine Vielzahl von tierischen Bewohnern der Regenwälder besitzt einen Greifschwanz, der sich fest um Äste rollen lässt. Am besten ausgebildet ist er bei südamerikanischen Affen, aber Baumstachelschweine, Zwergameisenfresser und Caguare haben auch einen und wissen ihn zu nutzen. Aus bisher noch ungeklärten Gründen haben die Affen Afrikas und Südostasiens diese »fünfte Hand« nicht. Anders als die anderen Tiere, die einen Greifschwanz haben, setzen die Affen ihn auch ein, um Nahrung zu greifen oder zu halten.

Haariger Schwinger

Dank ihrer langen Arme und ihrer kräftigen Finger und Zehen bewegen sich die Orang-Utans ohne große Mühe von Baum zu Baum. Ihre Füße eignen sich zum Klettern und Halten ebenso gut wie ihre Hände. Weibchen und jüngere Männchen können auch über Äste laufen, in den höchsten Baumkronen an den dünnen Ästen schwingen und sehr schnell hangeln; die älteren männlichen Tiere sind dafür zu schwer. Ein weiblicher Orang-Utan hat eine Armspannweite von etwa 2,4 m.

Wie angeklebt

Baumfrösche haben unter den Zehen besondere Drüsen, die eine klebrige Flüssigkeit produzieren. Sie ermöglicht es ihnen, sogar an feuchten Blättern und anderen glatten, nassen und schleimigen Oberflächen hochzuklettern.

Nahrungskette

Eine der zahlreichen Verbindungen zwischen den Tieren und Pflanzen des Regenwalds ist die Nahrungskette. Sie beginnt immer mit den Pflanzen, die Sonnenlicht in Nährstoffe umwandeln, und setzt sich mit den Pflanzenfressern fort, die wiederum den Fleischfressern als Nahrung dienen.

Schneller Tod

Wenn sich die Gabunviper im alten Laub auf dem Waldboden zusammenrollt, ist sie so gut getarnt, dass ihre Beute sie sicher zu spät bemerken wird. Gabunvipern töten ihre Opfer – kleine Tiere – durch einen giftigen Biss. Sie haben von allen Schlangen die längsten Giftzähne: Sie werden bis zu 5 cm lang. Schlangenzähne eignen sich gut zum Festhalten der Beute, aber nicht zum Beißen oder Kauen; deshalb verschlingen die Schlangen ihre Beute unzerkleinert.

Jäger und Beute

Die Raubtiere der Regenwälder sind meist ziemlich klein, denn hier leben nicht genug große Pflanzenfresser, um große Fleischfresser zu ernähren. Ausnahmen dieser Rege sind die großen Katzen: Jaguare und Tiger jagen die am Waldboden lebenden wilden Schweine, Antilopen und Hirsche. Am Boden liegen auch Schlangen auf der Lauer, andere verstecken sich in den Ästen. In Südamerika leben in den Regenwäldern Rudel von Waldhunden, in Südindien und Sri Lanka Lippenbären, die aber überwiegend Vegetarier sind. Aus der Luft oder vom Blätterdach aus beobachten Falken und Adler die Tiere in den Ästen der Baumriesen und packen ihre Beute blitzschnell im Flug.

Schreckliche Zähne

Manche Piranha-Arten gelten als äußerst gefährlich. Mit den rasiermesserscharfen Zähnen der stahlharten Kiefer schneiden sie ihrem Opfer das Fleisch regelrecht ab. Fleisch fressende Piranhas greifen auch größere Säugetiere an, die ins Wasser gefallen sind; aber viele der anderen Piranha-Arten sind friedliche Fische, die sich von Pflanzen ernähren.

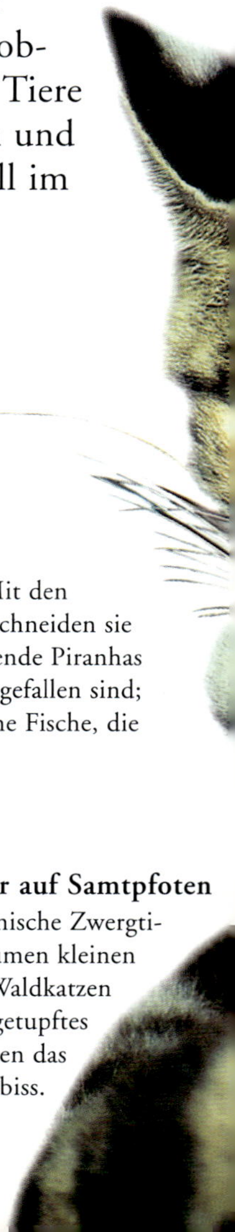

Räuber auf Samtpfoten

Kleine, gelenkige Waldkatzen wie diese südamerikanische Zwergtigerkatze sind sehr geschickte Kletterer, die in den Bäumen kleinen Nagern, Vögeln und Eidechsen nachstellen. Die meisten Waldkatzen jagen nachts und ihr gelbes oder bräunliches, gestreiftes oder getupftes Fell ist eine ausgezeichnete Tarnung. Dank ihrer scharfen Sinne fällt ihnen das Aufspüren der Beute leicht; sie töten sie durch einen Genickbiss.

Zugeschnappt!

Die Kaimane Zentral- und Südamerikas haben schärfere und längere Zähne als die Alligatoren aus Nordamerika, ihre Verwandten. Sie lauern im Wasser Fischen, Fröschen und durstigen Waldtieren auf, die zum Trinken ans Wasser kommen. Knochenplatten, die in den Schuppen an Rücken und Bauch eingelagert sind, bieten einen für die meisten Feinde undurchdringlichen Panzer.

Zungenfertig

Viele kleine Räuber des Regenwalds leben vorwiegend von Insekten. Chamäleons lassen ihre unglaublich lange Zunge blitzschnell aus dem Maul schnellen und die angepeilte Beute bleibt an der Spitze kleben; auf dem Speisezettel stehen Insekten, Spinnen und Skorpione. Die seltsamen kleinen Tiere können ihre Augen unabhängig voneinander in alle Richtungen drehen. Wegen ihrer langsamen Bewegungen und weil sie ihre Hautfarbe verändern können, sind sie vor dem Hintergrund der Blätter und Rinden kaum auszumachen.

Nahrungskette

Diese Nahrungskette besteht aus drei Gliedern. Würde eines zerstört werden, hätte dies Auswirkungen auf die beiden anderen Glieder und auch auf all die anderen Nahrungsketten des ökologischen Systems Regenwald.

Verteidigung

Um nicht gefressen zu werden, setzen die Tiere des Regenwalds alle Arten von Strategien ein. Manchmal kann man vor einem Räuber davonlaufen, -hüpfen, -fliegen oder -gleiten, aber sich zu tarnen und zu verstecken verspricht häufig mehr Erfolg. Im Regenwald leben viele Tiere, die wie Blätter, Zweige oder Rindenstücke aussehen; solange sie still halten, sind sie kaum als Tiere zu erkennen. Es gibt sogar Spinnen, die sich als Vogelkot tarnen. Giftige Tiere sind meist grell bunt gefärbt; das reicht den meisten Räubern als Warnung. Manche nichtgiftigen Arten tragen die gleichen Farben wie ihre gefährlichen Vettern und sind auf diese Weise ebenfalls gut geschützt. Aber nicht alle Tiere fliehen oder verstecken sich vor dem Angreifer: Manche halten die Stellung und kämpfen.

Schweinelaune
Das Riesenwaldschwein ist das größte aller Wildschweine und wird von den Menschen, die im Wald wohnen, gefürchtet, weil es unberechenbar ist. Seine unteren Eckzähne, die Hauer, stehen wie kleine Stoßzähne vom Maul ab. Beim Eber sind sie größer als beim weiblichen Tier.

Spinnentricks
Diese Vogelspinne versucht, so schrecklich wie nur möglich auszusehen, um einen Räuber in die Flucht zu schlagen. Spinnen können mit ihren Kiefern beißen und dabei Gift verspritzen und manche Arten »schießen« auch mit nesselnden Haaren auf ihre Angreifer. Manche Spinnenarten sehen wie stechende Insekten aus, wie Wespen zum Beispiel. Oder die Spinnen stellen sich tot, weil Fleischfresser lebende Beute bevorzugen.

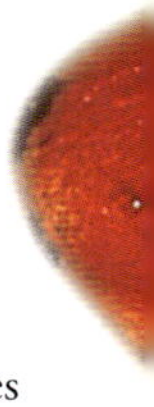

Froschgift
Drüsen in der Haut der Pfeilgiftfrösche sondern ein starkes Gift ab. Die leuchtende Farbe soll Angreifer warnen. Ihre Giftreserven ergänzen die Frösche durch den Verzehr giftiger Insekten. Die Indianer des Amazonasgebiets streichen das Froschgift auf ihre Jagdpfeile. Schon eine kleine Menge des Gi würde genügen, um ein großes Säugetier zu töten.

Mich findet keiner!
Insekten sind sehr nahrhaft – wenn man sie fangen kann! Zu ihrem Schutz haben sich viele Insekten äußerlich in Pflanzenteile verwandelt. Es gibt Schmetterlinge, die totem Laub ähneln; ihre Flügel haben unregelmäßige Ränder und sind ebenso geädert wie Blätter.

Falsche Augen

Wenn einige der Schmetterlinge, die wie Blätter aussehen, sich trotz ihrer Tarnung bedroht fühlen, öffnen sie plötzlich ihre Flügel und zeigen so die hellen Farben und die Zeichnung auf ihrem hinteren Flügelpaar. Sie ähnelt den Augen einer Schlange oder einer Waldkatze und erschreckt das Tier, das den Schmetterling fressen wollte. Dieser nutzt die Schrecksekunde und fliegt davon.

Gut gepanzert

Schuppentiere sind durch dicke Hornschuppen geschützt, die einander wie Dachziegel überlappen. Wenn sich das Tier zusammenrollt, bilden die Schuppen ein Schutzschild, durch das nur die Zähne der größeren Katzen dringen können. Schuppentiere fressen Ameisen und Termiten und ihr Panzer schützt sie nicht nur vor Raubtierbissen, sondern auch vor Insektenstichen.

Baumschutz

Um sich vor Blätter fressenden Insekten zu schützen, sondert der Parakautschukbaum einen milchigen Saft ab, der den Insekten die Kiefer verklebt: den Latex, aus dem Gummi hergestellt wird. Um ihn zu gewinnen, schneidet man die Rinde schräg ein. Der Latex tritt aus und rinnt in den am Baum befestigten Behälter. Mit der Zeit wächst der Schnitt in der Rinde wieder zu. Ein Baum kann viele Jahre lang immer wieder von neuem angezapft werden.

Nachtleben

Wenn die Nacht über den Regenwald hereinbricht, verändern sich auch seine Geräusche. Andere Schreie, Rascheln und Scharren und das Knacksen von Zweigen sind zu hören. Leuchtende Insekten oder Pilze bilden kleine Lichtpunkte und Lichtinseln. Etwa 80 % der Tiere im Regenwald sind nachtaktiv. Die Dunkelheit verbirgt sie vor ihren Feinden und die relative Kühle der Nacht ist vor allem den Insekten und Amphibien besonders angenehm. Aber auch Hirsche, Okapis und Gürteltiere bewegen sich in der Nacht unbefangener über den Waldboden, während Koboldmakis, Buschbabys, Fledertiere, Falter und kleine Waldkatzen in den Ästen umherstreifen. Manche Blüten öffnen sich nur nachts, damit die Nachttiere sie bestäuben. Für ihr Leben in der Dunkelheit sind die Nachttiere mit besonders großen Augen oder sehr empfindlichen Ohren und Nasen ausgestattet. Grubenottern nehmen die Körperwärme von Vögeln und Säugetieren wahr und verfolgen ihre Beute durch die Nacht.

Blumenfreund

Nachts fliegen Fledermäuse, wie diese mit der langen Zunge, auf der Suche nach Nektar, Früchten und Insekten durch den Regenwald. Beim Kontakt mit den Pflanzen nehmen sie Pollen und Samen auf und tragen ihn weiter. So helfen Regenwald und Fledermäuse einander gegenseitig zu überleben.

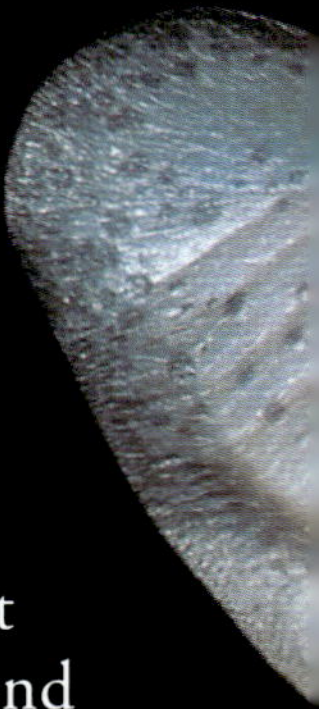

Eile mit Weile

Pottos bewegen sich sehr langsam auf den Bäumen, sodass sie dabei kaum auffallen. Beim leisesten Geräusch bleiben sie sofort bewegungslos stehen, bis sie das Gefühl haben, dass die Gefahr vorbei ist. Notfalls können sie stundenlang wie eingefroren verharren; diese Strategie erzielt aber nur in sehr dichtem Laub die erwünschte Wirkung.

Gut getarnt

Die verwischten Flecken auf seinem Fell bewirken, dass der Nebelparder mit dem Hintergrund aus Blättern und Zweigen zu verschmelzen scheint. Nebelparder lassen sich von erhöhten Ästen auf ihre Beute fallen oder lauern ihr am Boden auf.

Krötenplage

Die Agakröte aus Südamerika wurde vom Menschen in die Regenwälder Nordost-Australiens eingeschleppt. Der Beutelmarder (links) schlägt und tötet die Kröte, ist aber nicht gegen das in ihrer Haut enthaltene Gift immun; deshalb geht die Zahl der Beutelmarder zurück, während die Kröte in Australien keine natürlichen Feinde hat und sich stark vermehrt.

ugen & Ohren

Die großen Ohren des Buschbabys erinnern an Fledermausohren; sie ermöglichen ihm, nachts nsekten aufzuspüren und ie sogar aus der Luft zu chnappen, wenn sie an ihm orbeifliegen. Die großen Augen nehmen alles vorhandene Licht auf; eine besondere Schicht auf ler Rückseite des Auges reflektiert das Licht. Deshalb leuchten die Augen des Buschbabys im Dunkeln.

Seltsamer Finger

Das Aye-Aye oder Fingertier lebt nur auf Madagaskar. Es hat große Fledermausohren, runde Eulenaugen und einen buschigen Schwanz wie ein Eichhörnchen. Einzigartig an ihm ist der lange knochige Mittelfinger. Es lauscht an Ästen und Stämmen. Wenn es hört, dass sich unter der Rinde Larven bewegen, bohrt es mit diesem schaurig aussehenden Finger ein Loch und holt sie raus. Anders als alle anderen Primaten (Affen, Halbaffen, Lemuren ... und Menschen) hat das Aye-Aye an seinen Fingern und Zehen Krallen anstelle von Nägeln.

Brautwerbung

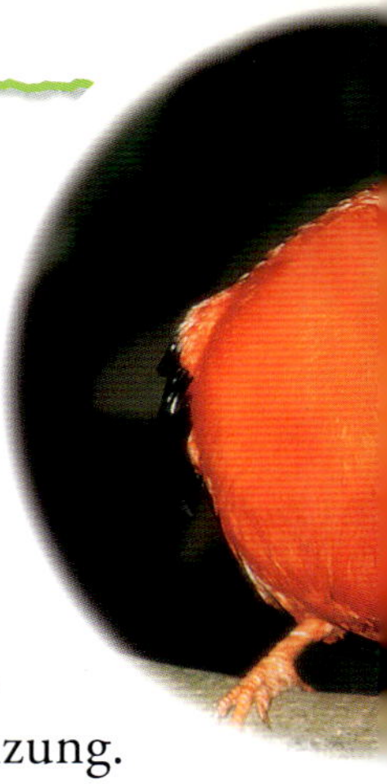

Weil das Klima in den meisten Regenwäldern das ganze Jahr über gleich bleibt, gibt es keine allgemeine Paarungs- oder Brutzeit. Die Tiere paaren sich entsprechend ihrem Lebenszyklus. Manche bleiben ihr ganzes erwachsenes Leben lang mit demselben Partner zusammen, andere treffen sich nur zur Fortpflanzung. Werbende Vögel fallen durch buntes Gefieder und lauten Gesang auf; es sind immer die Männchen. Weibliche Vögel sind unauffälliger gefärbt, damit sie, wenn sie die Eier ausbrüten oder die Jungen aufziehen, nicht von Räubern bemerkt werden. Aus ähnlichen Gründen sind auch männliche Schmetterlinge bunter als weibliche. Es gibt aber auch Tiere, die mögliche Partner durch Düfte und Laute auf sich aufmerksam machen.

Fasanenfedern
Um ein Weibchen zu beeindrucken, stellt der Argusfasan die Federn seiner Flügel so auf, dass ein großer Fächer entsteht. Er beginnt seine Balz, indem er ein Stück des Waldbodens säubert und darauf laut schreiend auf und ab stolziert. Argusfasane leben in den Regenwäldern Südostasiens.

Schmetterlingsfarben
Wie bei diesen Morphofaltern sind männliche und weibliche Schmetterlinge oft unterschiedlich gefärbt. Das schillernde Blau des Männchens sowie die Reflektion ultravioletter Strahlen durch seine Flügel spielen in der Werbung eine große Rolle. Außer mit ihren Farben betören die männlichen Schmetterlinge die weiblichen auch mit Düften. Die »Damen« interessieren sich ferner dafür, ob ihr Verehrer ein ausdauernder Flieger ist.

Der Hochzeitstanz der Paradiesvögel
Die Paradiesvögel in den Regenwäldern von Neuguinea sind geborene Show-Tänzer. Die Männchen führen einen komplizierten Tanz auf, den sie mit Schreien begleiten; manche treten sogar auf gemeinsamen Tanzplätzen gegeneinander an. Häufig entfernen sie vor ihrem Auftritt die Blätter über dem Tanzplatz, sodass ein Sonnenstrahl ihre Vorstellung wie ein Scheinwerfer beleuchtet.

Männliche Paradiesvögel balzen zu mehreren. Dabei zeigen sie ihr herrliches Gefieder und begleiten den Tanz mit lauten Schreien.

Felsenhahn

Auf einem freien Stück Waldboden produziert sich der Felsenhahn vor den unauffällig braunen Weibchen. Er hüpft in die Luft, nickt mit dem Kopf, schnappt mit dem Schnabel und stellt die Federn fächerartig auf. Er stößt mit dem Kopf in die Luft, sodass der Federkamm über seinen Schnabel fällt. Die Weibchen suchen sich das Männchen aus, das die schönste Show abzieht.

Duftende Grüße

Tiger sind Einzelgänger. Männliche und weibliche Tiere sind nur in der Paarungszeit zusammen. Wenn die Tigerin paarungsbereit ist, hinterlässt sie auf den Wegen durch ihr Revier Duftmarken, indem sie den Kopf, an dem sich Duftdrüsen befinden, gegen die Rinde der Bäume reibt. Außerdem brüllt sie laut, um die Aufmerksamkeit benachbarter Tiger auf sich zu ziehen.

Laubenvögel

Anstatt mit prächtigem Gefieder werben männliche Laubenvögel mit ihren Bau- und Flechtkünsten um die Gunst der Weibchen. Jeder Vogel baut eine charakteristisch geformte Laube aus Zweigen, Grashalmen und anderen Pflanzenmaterialien und schmückt sie mit bunten Gegenständen wie Muscheln, Früchten, Knochen, Kieselsteinen, Federn und Blüten und sogar Kronenkorken individuell aus.

Unzertrennlich

Damit sich die Weibchen in sie verlieben, tanzen die Papageienmännchen vor ihnen. Manchmal würgen sie auch Nahrung hoch und füttern das Weibchen auf die gleiche Weise, wie Junge gefüttert werden. Bei einigen Arten erweitert sich auch die helle Iris des Auges. Die meisten Papageienarten sind monogam, das heißt, Männchen und Weibchen bleiben nach der ersten Paarung für den Rest ihres Lebens zusammen. Sie pflegen ihre Beziehung, indem sie sich gegenseitig putzen und füttern.

Lebenszyklus eines Eulenfalters

Im Laufe seines Lebens macht ein Schmetterling vier Stadien durch: Ei, Raupe, Puppe und erwachsenes Tier. Im warmen Klima der Regenwälder geht diese Entwicklung sehr rasch vor sich und der Lebenszyklus dauert nur wenige Wochen.

Die gerippte, feste äußere Hülle schützt die Eier vor dem Austrocknen.

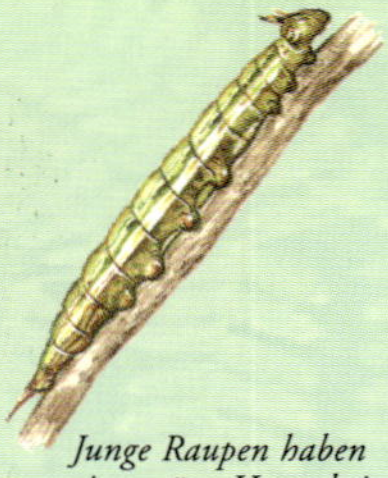

Junge Raupen haben eine grüne Haut; bei älteren Raupen ist sie braun. Sie tun nichts anderes als fressen und wachsen.

In der Puppe verwandelt sich die Raupe in einen Schmetterling.

Der Schmetterling pflanzt sich fort und trägt so zur Erhaltung seiner Art bei.

Huckepack

Pfeilgiftfrösche legen ihren Laich meist auf einem Blatt oder an einer zuvor gesäuberten Stelle des Waldbodens ab. Eines oder beide Elterntiere besuchen oder bewachen den Laich, bis die Kaulquappen schlüpfen. Dann lassen die Elterntiere die Kaulquappen auf ihren Rücken kriechen und bringen sie zu einem Bach oder Teich. Bis zu 35 Kaulquappen werden auf diese Weise befördert. Ein klebriger Schleim, der sich erst im Wasser auflöst, sorgt dafür, dass der Nachwuchs nicht vom Froschrücken rutscht.

Miniaturnester

Die Nester der Kolibris sehen wie Körbchen aus und sind mit Moos und anderen weichen Pflanzenmaterialien ausgekleidet. Auch nachdem sie das Nest verlassen haben, werden die Jungen 20 bis 40 Tage lang von der Mutter gefüttert.

Tragetasche

Ebenso wie ihre am Boden lebenden Verwandten haben auch Baumkängurumütter Beutel, in denen sie ihre Jungen tragen. Die Babys sind bei ihrer Geburt wenig entwickelt. Sie klettern in den Beutel und saugen sich an einer Zitze fest; sie werden mehrere Monate hier verbringen. Im Beutel sind sie sicher, haben es warm und können trinken, wann sie wollen.

Der Nachwuchs

Plätze für die Aufzucht der Jungen werden auch im Regenwald sorgfältig ausgewählt. Im warmen Klima gedeihen die Jungen gut, aber die häufigen Regenfälle können sehr unangenehm sein. Vögel legen ihre Eier in geschützte Nester oder Baumhöhlen. Die weiblichen Beuteltiere wie Baumkängurus und Beutelratten tragen ihre Babys monatelang in ihren pelzigen Beuteln mit sich herum. Sogar manche Spinnen bewachen ihre Eier, bis die Jungen schlüpfen. Am meisten Mühe mit der Aufzucht ihrer Kinder geben sich die Säugetiere. Affen, Katzen und Fledermäuse füttern und wärmen sie nicht nur, sondern bringen ihnen auch bei, im Regenwald zu überleben.

Tupfen und Streifen

Erwachsene brasilianische Tapire sind einheitlich braun, ihre Jungen sind jedoch getupft und gestreift. Dank dieser Tarnung kann man ihren Umriss im Dämmerlicht des Regenwaldes nicht gut erkennen und auch wenn sie sich über den Boden bewegen, auf dem sich Schatten und sonnenbeschienene Stellen abwechseln, sieht man sie kaum.

Klammerbaby

Ein Orang-Utan-Weibchen bringt alle drei bis sechs Jahre ein einzelnes Junges zur Welt. Tagsüber klammert es sich an sie, nachts schlafen sie zusammen in einem Nest. Während der ersten 18 Monate ihres Lebens sind kleine Orang-Utans vollkommen unselbstständig. Die Mütter paaren sich erst wieder, wenn das Kleine mindestens drei Jahre alt ist; deshalb bekommen sie im Laufe ihres Lebens insgesamt nur zwei oder drei Junge.

Lebensgemeinschaften

Gesellige Regenwaldtiere warnen sich gegenseitig vor Feinden. Gemeinsam suchen sie nach Nahrung und beschützen ihre Jungen. Bei Säugetieren, die relativ lange leben, helfen die erfahrenen älteren Tiere den jüngeren und bilden sie manchmal für das Leben im Regenwald regelrecht aus. In Gruppen bildet sich häufig eine Rangordnung, in der manche Tiere höheres Ansehen genießen als andere. Staatenbildende Insekten besitzen eine komplexe soziale Organisation, in der jedes Tier eine klar umrissene Aufgabe hat.

Ameisengärten
In ihrem unterirdischen Bau züchten zentralamerikanische Blattschneiderameisen ihre Nahrung selbst heran. Arbeiterinnen beißen Blattstücke ab und tragen sie in den Bau. Hier werden die Blätter zu Brei zerkaut, mit den Ausscheidungen der Ameisen gedüngt und mit den Sporen bestimmter Pilze versetzt, die diese Ameisen nach einiger Zeit ernten. In manchen Regenwäldern nutzen Blattschneiderameisen über 15% aller Blätter.

Termitentürme
Winzige Insekten errichten auf dem Waldboden Wolkenkratzer – aus der Perspektive von Termiten gesehen. Diese Insekten brauchen Jahre, um sie aus Schlamm und Speichel zu bauen. In jedem Turm leben in völliger Dunkelheit Millionen von Termiten. Die Königin legt die Eier; die Arbeiter bewachen die Eier und holen Nahrung für die Larven herbei; Soldaten verteidigen den Bau gegen Feinde.

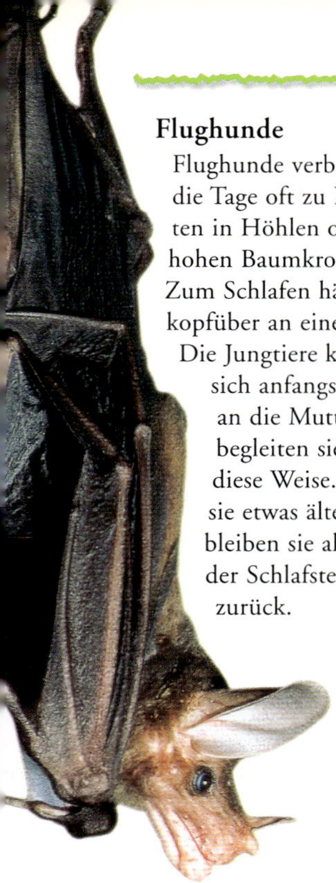

Flughunde

Flughunde verbringen die Tage oft zu Hunderten in Höhlen oder hohen Baumkronen. Zum Schlafen hängen sie kopfüber an einem Bein. Die Jungtiere klammern sich anfangs ständig an die Mutter und begleiten sie auf diese Weise. Wenn sie etwas älter sind, bleiben sie allein an der Schlafstelle zurück.

Gorillagruppen

Kleine Gruppen von Gorillas unter der Führung eines dominanten männlichen Tieres wandern gemächlich durch die Tiefland- und Bergregenwälder Zentralafrikas. Die erwachsenen männlichen Gorillas haben am Rücken silbergraues Fell und werden deshalb Silberrücken genannt. Sie verteidigen ihre Gruppe gegen Feinde. Wenn keine Gefahr droht, sind die intelligenten Gorillas sehr friedliche Tiere. Alle Mitglieder der Gruppe spielen gerne mit den Jungen.

rauengruppen

In Zentral- und Südamerika streifen Graue Nasenbären in Gruppen von bis zu 20 Tieren durch den Regenwald. Sie suchen nach Insekten, jagen Spinnen und fressen Früchte. Die Gruppen bestehen aus Weibchen und Jungtieren. Die Männchen dürfen nur während der Paarungszeit bei der Gruppe leben und gelten in der Rangordnung weniger als die Weibchen. Außerhalb der Paarungszeit müssen die Männchen im Regenwald wieder allein zurechtkommen.

Lautsignale

ibbons, zu denen auch dieser Siamang ehört, leben in Familiengruppen und leiben ihr Leben lang beim selben artner. Die beiden Elterntiere eben laute, modulierte Rufe on sich, meistens sogar im uett. Mit diesen auch ür menschliche Ohren chönen, eindringchen »Liedern« leiben sie in erbindung.

Menschen des Regenwalds

Völker Neuguineas
Zu bestimmten Gelegenheiten feiern die Ureinwohner Neuguineas Feste, bei denen sie tanzen. Sie tragen dann fantasievollen Schmuck und bemalen ihre Gesichter und Körper mit leuchtenden Farben. Die Muster und Ornamente stehen in Zusammenhang mit ihrer Religion und mit der bei ihnen üblichen Ahnenverehrung.

Seit tausenden von Jahren sind die Regenwälder auch die Heimat von Menschen, die eine enge Beziehung zum Wald und seinen Pflanzen und Tieren entwickelt haben. Sie kennen den Nährwert, die Heilkraft oder die Gefährlichkeit der verschiedenen Pflanzen und die Lebensgewohnheiten der Tiere. Dieses Wissen hat ihr Überleben im Regenwald ermöglicht. Die menschliche Bevölkerungsdichte war hier nie sehr hoch. Außer von der Jagd und dem Sammeln leben manche Gruppen auch von der Brandfeldwirtschaft. Durch das Abholzen der Regenwälder verlieren diese Menschen ihr Land. Eine andere, oft tödliche Gefahr sind die Krankheiten, die von Holzarbeitern und Siedlern eingeschleppt werden und gegen die sie keine Abwehrkräfte besitzen.

Jagdwaffen
Dieser Mann aus dem Volk der Mentawai in Indonesien trägt außer ein paar Rindenstreifen auch Bogen und Pfeile bei sich. Die Regenwaldjäger schießen mit Bogen oder Blasrohr Giftpfeile auf Affen und andere Tiere in den höheren Stockwerken des Regenwalds. Als Gift dienen Pflanzensäfte oder giftige Tiersekrete. Manchmal dauert es Stunden, bis das Gift wirkt.

Pygmäen
Die zentralafrikanischen Pygmäen sind kleinwüchsig und können sich daher im dicht bewachsenen Unterholz mit weniger Mühe bewegen als größere Menschen. Weil sie leicht sind, sind sie gute Kletterer – so gut, dass sie den Honig wilder Bienen aus den Baumkronen holen. Bei der Suche nach Honig hilft in den Regenwäldern Afrikas ein kleiner Vogel, der Honiganzeiger. Er lockt Menschen oder auch große Säugetiere zu den Bienennestern, weil er ohne sie nicht an die Larven und das Wachs, seine Leibspeise, herankommt.

Bevölkerungsdichte

Ein großes Regenwaldgebiet kann nur wenige hundert Menschen ernähren. Im Gebiet der afrikanischen Mbuti-Pygmäen kommen auf eine Person 4 qkm Wald, und eine Gruppe hat für die Nahrungsbeschaffung ein 1300 qkm großes Gebiet zur Verfügung. Bei manchen Völkern ist es üblich, eine Weile an einem Ort zu leben und dort Häuser zu bauen; sind die Nahrungsquellen erschöpft, ziehen die Menschen weiter.

Waldreisen

Wenn der Regenwald sehr dicht bewachsen ist, kommt man auf Flüssen schneller voran. Auch heute noch werden Einbäume benutzt, aber ihr Bau nimmt viel Zeit in Anspruch. Zuerst muss ein großer, kräftiger Baum gefällt werden; dann wird er mit einem Beil ausgehöhlt. Rahmen werden eingesetzt, damit sich der Einbaum nicht verzieht. Bevor es ins Wasser kommt, wird das Holz mit Feuer gehärtet und versiegelt.

Brandfeldwirtschaft

Bei dieser Form der Bodenbewirtschaftung wird eine kleine Waldfläche gerodet und anschließend niedergebrannt; die nährstoffreiche Asche düngt auf diese Weise den an sich nährstoffarmen Regenwaldboden. Ackerbau in Waldgebieten macht viel Arbeit, denn die Wildpflanzen wachsen ständig nach und das Feld muss regelmäßig von Unkraut befreit werden. Nutzpflanzen und Unkraut laugen den Boden bald aus. Dann wird er aufgegeben, die Menschen ziehen weiter und lassen das Feldstück 8 bis 20 Jahre lang ruhen; so kann der Regenwald es zurückerobern. Die Brandfeldwirtschaft ist den Bodenverhältnissen angemessen und schädigt – in kleinem Maßstab betrieben – das Ökosystem Regenwald nicht.

Feste und Feiern

Viele der Menschen, die in den Regenwäldern der verschiedenen Kontinente leben, bemalen sich gerne und schmücken sich mit Federn, Blumen und anderen Objekten aus dem Tier- und Pflanzenreich. Manchmal dürfen nur die Männer aufwändige zeremonielle Kostüme tragen; so ist es bei den Cofan in Ecuador Brauch (Foto rechts). Anlässe für große Feste sind u. a. Hochzeiten, Bestattungen und Ernten.

Das Fällen der Bäume
Mit Kettensägen, Baggern und anderen mächtigen Maschinen roden Holzgesellschaften riesige Gebiete in erschreckend kurzer Zeit. Es dauert mehrere hundert Jahre, bis ein Baum höher gewachsen ist als ein Strommast; aber es dauert nur wenige Minuten, bis ein Mann diesen Baum mit einer Kettensäge zu Fall gebracht hat. Für den Abtransport des wertvollen Holzes werden breite Straßen und Schneisen in den Wald geschlagen. Die Holzfäller zerstören durchschnittlich dreimal mehr Bäume, als sie wirtschaftlich nutzen.

Erhaltet die Regenwälder!

Die Regenwälder haben Millionen von Jahren gebraucht, um sich zu den uns bekannten vielschichtigen ökologischen Systemen zu entwickeln. Sie sind sehr störungsanfällig, weil jedes Element auf alle anderen Elemente angewiesen ist. Leider werden heutzutage die meisten Regenwälder von Unternehmen ausgebeutet, die das Holz schlagen, Erze wie Eisen, Kupfer oder Uran abbauen oder auf riesigen Plantagen Kaffee, Kakao oder Bananen anbauen. Die Abholzung führt zu zahlreichen Problemen; Bodenerosion, Überschwemmungen, das Aussterben von Arten und die Verarmung der Menschen, die im Urwald leben, sind ihre bekanntesten Folgen. Inzwischen wurde weltweit bereits ungefähr die Hälfte der Regenwälder vernichtet, und jede Sekunde wird ihnen eine weitere Fläche von der Größe eines Fußballfelds entrissen. Dabei gäbe es viele Maßnahmen, mit denen man der Zerstörung entgegenwirken könnte. Die gefällten Bäume könnte man durch junge ersetzen, der Handel mit Tieren bedrohter Arten könnte strenger kontrolliert werden, und man könnte größere Regenwaldareale zu Naturschutzgebieten erklären.

Ab in die Wildnis!
Bedrohte Arten könnten dadurch gerettet werden, dass man die Tiere in Zoos züchtet und dann auswildert. Allerdings fällt es den in Gefangenschaft geborenen Tieren nicht leicht, sich im Regenwald einzugewöhnen. Tierforscher haben diese Goldgelben Löwenäffchen mit Sendern ausgestattet, damit sie ihre Wanderungen durch den Regenwald verfolgen können. Die Zahl wild lebender Exemplare dieser bedrohten Art ist, dank der Bemühungen der Tierschützer, inzwischen wieder angestiegen.

Heilpflanzen

Die beiden Mädchen halten ein Rosiges Immergrün, aus dem ein Medikament gegen die Leukämie von Kindern und gegen die Hodgkin'sche Krankheit gewonnen wird. Die Pflanze ist in dem schwindenden Regenwald von Madagaskar heimisch und wird wohl bald zu den bedrohten Arten gerechnet werden müssen. Bei zahlreichen anderen Pflanzen des Regenwalds besteht die Gefahr, dass sie aussterben, bevor man ihre Heilkraft ausreichend erforscht hat. 20 % aller unserer Medikamente enthalten Wirkstoffe aus Regenwaldpflanzen, dabei wurde bisher nur 1 % dieser Pflanzen erforscht.

Regenwald-Forschung

Die Menschen, die in den Regenwäldern leben, verfügen über ein umfangreiches Wissen über deren Pflanzen und Tiere, und die Wissenschaftler können viel von ihnen lernen. Darüber hinaus sammeln die Forscher Daten über die Arten, bestimmen sie und versuchen das komplizierte Netz ihrer Beziehungen untereinander zu verstehen; dieses Wissen ist für den Erhalt der Regenwälder wichtig. Bei der Entnahme von Proben aus den höheren Regionen leistet ein kleiner Zeppelin gute Dienste.

Artenschutz

Mit dem Handel von geschützten Tier- und Pflanzenarten wird viel Geld verdient. Internationale Handelsbeschränkungen versuchen, die bedrohten Arten zu schützen, werden aber häufig umgangen. Jaguare werden durch die CITES (Übereinkunft über den Internationalen Handel mit bedrohten Arten) geschützt, aber es gibt trotzdem einen illegalen Handel mit Fellen. Die Jäger und Tierfänger verdienen meist sehr wenig an ihrer Beute; den größten Profit machen die Händler. Am besten wäre es natürlich, wenn sie keine Kunden mehr hätten.

Schon gewusst ...?

... dass man sich an die folgenden Vereine und Verbände wenden und bei ihnen Informationsmaterial anfordern kann? Einige von ihnen organisieren Jugendclubs und Regionalgruppen, denen man beitreten kann:

Arbeitsgemeinschaft Regenwald und Artenschutz e.V.
Klasingstr. 17
33602 Bielefeld

BUND Bundesgeschäftsstelle
Im Rheingarten 7
53225 Bonn
http://www.bund.net

Greenpeace e.V.
Große Elbstr. 39
22767 Hamburg
http://www.greenpeace.de

Pro Regenwald e.V.
Frohschammerstr. 14
80807 München
http://www.pro-regenwald.org

Regenwälder Zentrum e.V.
Pöseldorfer Weg 17
20148 Hamburg

Robin Wood Bundesgeschäftsstelle
Postfach 10 21 22
28021 Bremen
http://www.robinwood.de

WWF Infodienst
Rebstöcker Str. 55
60326 Frankfurt
http://www.wwf.de

Die deutsche Bibliothek - CIP Einheitsaufnahme

Der Regenwald / von Barbara Taylor. [Aus dem Engl. von Cornelia Panzacchi.
Red.: Bettina Gratzki; Magda-Lia Bloos]. - München: Ars-Ed., 2001
(Wissen der Welt) Einheitssacht.: In the rainforest <dt.> ISBN 3-7607-4695-0

Aus dem Englischen von Cornelia Panzacchi
Redaktion: Bettina Gratzki, Magda-Lia Bloos
Umschlaggestaltung der deutschen Ausgabe: Eva Schindler, Ebersberg
First Published in Great Britain by ticktock Publishing Ltd.
Titel der Originalausgabe: »In the Rainforest«

Printed in Hong Kong
ISBN 3-7607-4695-0

Danksagung: Der Verlag bedankt sich bei Graham Rich und Elizabeth Wiggans für ihre Mithilfe und beim Peter Bull Art Studio für die künstlerische Gestaltung.

Bildnachweis: o = oben, u = unten, M = Mitte, l = links; r = rechts, Uv = Umschlag vorne, Uh = Umschlag hinten

B&C Alexander: 28/29M, 29Mr; Bruce Coleman Limited: 12/13u, 14or, 20ol; Colorific: 3M; Jacana: 2ol & Uh, 6ul, 7or & Uv, 7ur, 8Mr, 10/11o, 11or, 12ol, 13r, 14ul, 17or, 18M, 18/19M, 19u, 21ur, 26/27M, 27u, 31ur & Uv; Oxford Scientific Films: 0, 12ur, 19oM, 22ol, 24ur, 16ol; Planet Earth Pictures: Uv (zentrales Bild), 2l & 2ul, 3/4u, 3or, 3/4o, 4/5o, 4/5M, 4/5u, 5ur, 6ur, 6M, 6or, 7ul, 8ol, 8or & Uv, 8M, 8ur, 9o, 9M, 9Mr, 10l, 10ol, 11M, 11u, 14/15u, 15ur & Uh, 16ol, 16ul, 17M & 32, 17u, 18ol, 18ul, 19or, 20ul, 20Mr, 21ol, 21M, 21or, 22M, 22Ml, 22/23Mo, 23or, 23Ml, 23ur & Uh, 24/25M, 24ul, 25or, 25ur, 26l & 26ul, 26/27o, 27o, 28ol, 28ul, 29ur & Uv, 30ol, 30ul, 30/31M, 31or. P.I.X.: 15o; Tony Stone: 29Ml.

Der Verlag hat sich bemüht, alle Rechteinhaber zu ermitteln. Sollte dies in Einzelfällen bedauerlicherweise nicht gelungen sein, wird die fehlende Angabe in der nächsten Auflage ergänzt.

Register